나의 희망

_____에게

산타들

산타들

초판 발행 2022년 11월 10일
1판 2쇄 발행 2022년 12월 20일

지은이 방종우
그린이 HYUN HO
펴낸이 서영주
총편집 김동주
편집 김정희 **디자인** 최영미
제작 김안순

펴낸곳 레벤북스
출판등록 2019년 9월 18일 제2019-000033호
주소 서울특별시 강북구 오현로7길 20(미아동)
취급처 레벤북스보급소 **전화** 02)944-8435, 986-1361
통신판매 02)945-2972
E-mail bookclub@paolo.net
www.paolo.kr
https://blog.naver.com/tomaskimdong
값 14,000원
ISBN 979-11-969116-4-5

© 방종우, 2022

산타들

방종우 글 | HYUN HO 그림

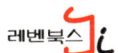
레벤북스

산타들 : 왼쪽부터 피터, 폴, 존, 제임스

오랜만이었다. 달빛이 하늘을 가로지르고 세상의 모든 차가운 기운이 모여드는 때. 해가 거듭될수록 눈 뿌리는 기계를 작동시킬 수 있는 시기가 늦어지고 있었다. 지구 온난화 때문이었다. 여느 때보다 구름이 빨리 지나가는 듯했다. 폴이 온도계를 확인한 후 문고리를 잡자 장갑 안으로 한기가 가득 들어왔다.

끼이이익.

날카로운 소리를 내며 버티다 못한 문이 열렸다. 지난 1,700년의 시간이 그대로 응고된 소리였다. 영겁의 세월과 풍파를 견뎌 온 것이 낼 줄 아는 소리란 고작 '끼이익, 끼이이익'뿐이었다. 자정이 다 된 시간이었지만 유난히 빛나는 달 때문에 하늘로 뻗은 계단이 한낮보다 눈부셨다. 층계 사이사이로 황소자리와 오리온자리가 투명하게 보였다. 희미하게 북극곰이 새끼에게 젖을 먹이는 모습도 보였다. 계단을 오를 때마다 입김이 다시 폴의 얼굴로 덤벼들었다.

계단 끝에 다다르자 복잡한 기계가 보였다. 폴은 기계 위에 쌓인 서리를 닦기 시작했다. 먼지처럼 흩어진 서리가 자취를 감췄다. 별들이 손을 뻗으면 잡

힐 듯 가까이 다가왔다. 기계에 부착된 온도계와 좌표를 확인했다. 이 정도면 충분하겠군. 구름이 스쳐 지나간 기계의 엔진은 달빛을 한껏 머금고 있었다. 수십 년을 해 온대로 그는 기계의 스위치를 켜고 핸들을 힘차게 돌렸다.

웅

웅웅 웅

웅 웅웅 웅

초저온 상태의 구름 물방울들이 증발하기 시작했다. 기계에 빨려 들어간 수증기들이 미세한 얼음 결정이 되어 세상으로 몸을 날렸다. 미처 날아가지 못한 결정들은 폴의 얼굴에 머물러 수염을 반짝반짝 빛냈다. 90퍼센트의 공기로 만들어진 눈송이들이 세상을 더욱 고요하게 만들었다. 작은 눈송이들은 세상에 가까워질수록 점점 하나의 솜뭉치가 되어 가라앉았다. 내일이면 아이들은 기쁜 마음으로 눈을 반기며 거리로 뛰어나오겠지. 늦은 시간이지만 벌써 창밖으로 고개를 내밀고 손을 흔들고 있는 아이가 있을지도 몰랐다.

※

계단을 내려오자 존과 제임스가 난롯불을 피워 놓고 있었다. 존이 보드카를 내밀며 말했다.

"드디어 기계가 켜졌군. 해마다 늦어지니 걱정이네. 내년에도 크리스마스 전에는 작동이 되어야 할 텐데."

몽롱한 눈빛으로 제임스가 보드카를 들이켰다.

"그것도 문제긴 하지만 집부터 옮겨야 할 처지에요. 선배들의 시신을 거둘 수 없다고 해도…. 우리는 살아야 할 것 아닌가요?"

창.

가까운 곳에서 빙하가 갈라져 나가는 소리가 들렸다.

"또 몇 명의 선배가 이 땅을 떠났겠군."

존이 쓸쓸하게 중얼거렸다. 북극의 무수한 빙하 밑에는 먼저 세상을 떠난 산타들이 잠들어 있었다. 그들은 아이들이 산타의 존재를 믿던 시대에 태어난 이들이었다. 아이들에게 성탄 선물을 줌으로써 평화

롭고 행복한 세상을 만들겠다는 숭고한 신념은 실로 그들을 통해 1,700년간 이어져 온 셈이었다. 아이들을 위해 꾸준히 일한 산타들이 죽음을 맞이한 뒤 묻히는 곳은 당연히 이곳 북극 빙하였다.

아이들은 그들에게 소원을 빌었고 소중한 약속을 했다.

"산타 할아버지! 저에게 큰 곰 인형을 주세요."

"부모님이 싸우지 않게 해 주세요."

"동화 전집을 주세요."

"제가 좀 자주 울긴 했는데 이번에 또 선물을 주시면 다시는 울지 않겠어요."

그야말로 세상의 모든 소원이 북극으로 날아오던 시절이었다. 많은 아이들의 기도와 선물을 수용할 인력은 항상 부족했지만 지원자는 끊이지 않았으므로 그럭저럭 운영에 무리는 없었다. 지원자는 적정 연령인 40세까지 산타 할아버지의 존재를 단 한 번도 의심하지 않은 사람이어야 했다. 서류 전형과 면접, 체력 시험을 통과한 사람들은 즉시 북극에 와서 정착했다. 존은 가만히 눈을 감고 처음 산타가 되리라 결심했던 때를 떠올렸다.

선천적인 빈혈증을 앓고 있던 그의 어머니는 예고 없이 자주 쓰러졌다. 침대에 누워 청색 혀를 움직이며 얕은 숨을 쉬곤 하던 그녀는 어린 존이 침대맡에서 훌쩍거릴 때마다 콜록이며 말했다.

　"네가 울면 산타 할아버지가 오시지 않을 거야. 울지 말고 소원을 빌어 보렴. 엄마는 돈이 없어 너에게 선물을 줄 수 없단다."

그는 연신 누런 소매로 눈물을 닦아 냈다. 그리고 어머니가 쓰러질 때마다 소원을 빌었다.

"산타 할아버지, 지금까지 한 번도 저에게 선물을 주지 않으셨잖아요. 이제는 조금만 울 테니 엄마가 더 이상 아프지 않게 해 주세요. 그거면 충분해요."

어머니가 뜨거운 태양에 쓰러져 이웃 어른들 등에 업혀 들어와도, 식사를 하다가 콜록거리며 침대에 누울 때에도 존은 조금만 울었다. 많이 울면 산타 할아버지가 소원을 들어주지 않을 테니까. 내가 지금 울음을 억지로 참고 있다는 것을 알고 계실 테니까. 존은 어머니의 창백한 얼굴을 보며 어금니를 앙 다물었다. 수십 번의 기도를 드리고 나자 크리스마스가 다가왔다.

"산타 할아버지가 오늘 밤 와서 엄마의 병을 치

료해 주실 거예요."

푸른 눈동자의 아이는 어머니의 귀에 속삭였다.

다음 날 아침 존은 벌떡 일어나 어머니의 상태를 확인했다. 안타깝게도 그녀는 여전히 기침을 하고 있었다. 실망스러웠다. 마음 깊숙한 곳으로부터 울음이 솟구쳤다. 어머니는 그의 어깨를 감싸 안으며 말했다.

"어렸을 때 네가 너무 많이 울어서 그렇단다. 계속해서 울지 않으면 차차 괜찮아질 거야."

존은 가슴이 뭉클해지는 것을 느꼈다.

이듬해 봄, 인근 도시에서 의사 할아버지가 왔다. 도시에 유행하는 독감이 주변 마을에도 퍼지지 않았는지 확인하기 위해 들렀다고 했다. 흰머리와 수염, 커다란 풍채가 마치 산타 할아버지를 연상케 했다.

 존은 할아버지의 소맷자락을 붙들고 집으로 향했다.
 "기왕 오셨으니 우리 엄마의 병도 진찰해 주세요."
 할아버지는 어머니의 입을 들여다보고는 금방

청색증과 빈혈이라는 병명을 알려 주었다.

"이제라도 조치를 받았으니 다행이구나. 네가 씩씩하게 엄마를 돌봐 드렸기 때문이야."

할아버지는 도시로 돌아가 무료로 다량의 항생제를 보내 주었다. 어머니의 증상은 눈에 띄게 좋아졌다. 혀에 감돌던 푸른색이 사라졌고 기침 또한 감지할 수 없을 정도로 옅어졌다. 존은 모든 게 산타 할아버지 덕분이라고 생각했다. 이후 존은 친구들에게 이야기했다.

"울면 안 돼, 울면 안 돼. 산타 할아버지는 우는 아이에게 선물을 안 주시거든. 나는 산타 할아버지가 될 거야."

✳

"언젠가는… 빙하들이 모두 녹겠지?"

보드카를 받아 든 폴이 수염에 붙어 있는 얼음 조각들을 떼어 내며 말했다. 존이 대답했다.

"뭐, 시간문제라고는 하지만 그래도 빙하들이 다 녹으려면 우리 다음다음 기수까지는 필요하지 않을까? 그리고 혹시 지구 온난화를 막을 수 있다면…"

제임스가 대뜸 미간을 찌푸리며 끼어들었다.

"어찌 됐든 우리는 이미 필요 없는 존재들이 되어 가고 있잖아?"

선천적으로 우유부단한 다른 산타들과 달리 현

실을 정확하게 꼬집는 제임스였다. 조금만 더 좋게 생각하자, 라고 누군가 말하면 그는 '어찌 됐든'을 갖다 붙이며 사실을 있는 그대로 들춰내곤 했다. 비판적이라기보다는 현실적인 그의 말에 나머지 산타들은 종종 입을 다물었다.

"필요 없는 존재라…"

존이 묵묵히 고개를 숙였다.

탁 탁탁.

한국에서 지금 막 도착했을 피터의 신발 터는 소리가 문틈 사이로 들려왔다. 문이 열리자 과연 어깨에 함박눈을 잔뜩 얹은 피터가 신발 밑에 눌린 눈을 긁어내고 있었다. 귓구멍의 얼음까지 차분히 제거한 그가 천천히 방 안으로 들어왔다. 완전히 떨궈 내지 못한 얼음 때문에 덜 잠가 놓은 수도꼭지처럼 수염에서 물이 떨어졌다.

"아, 씨발. 아르바이트란 정말이지 쉽지 않구나."

오랜만에 듣는 피터의 욕설에 사뭇 놀란 산타들이 고개를 들어 피터를 바라봤다. 황급히 일어서서 외투를 받아 든 존이 물었다.

"왜요? 올해는 아이들이 또 뭐라던가요?"

형식적으로 묻는 질문이었지만 하던 이야기가 있던 차라 존의 목소리에 더 힘이 들어갔다. 피터가 거

대한 몸을 소파에 묻으며 말했다.

"한 아이가 뒤에서 모자를 억지로 벗기더니 말하더군. 존나, 늙은 사람이 왔네?"

잠시 정적이 흘렀다. 제임스가 침묵을 깨고 추궁했다.

"유치원에서 매년 젊은 사람을 썼었나 보군. 가짜를 쓰더라도 적당히 해야지 원. 그나저나 백발의 노인네가 수염까지 기르고 왔는데 믿지 않아요?"

"우리가 한두 번 겪는 일인가. 그런데 말이야…, '존나'가 무슨 뜻이지?"

"내 이름과 비슷한데?"

궁금한 것이 있으면 참지 못하는 존이 선배들이 라틴어로 직접 기록해 온 국가별 언어 백과사전을 뒤적였다. 그의 눈에 한국말 단어의 뜻이 선명하게 들어왔다.

존나

'정말 혹은 엄청난'을 뜻함. 남자의 성기를 의미하는 단어에서 유래된 비속어. 절대 아이들이 사용하지 말게 할 것. 세상에서 사라져야 할 말이다. 굳이 표현하자면 몸이 자라날 만큼 엄청나다는 것이다.

존의 마음속에서 무엇인가가 창, 하고 갈라져 나가는 듯했다. 그의 머리에 '씨발'이라는 단어가 지나갔다. 피터가 이 단어의 뜻을 물었을 때도 어원을 숨긴 것은 존이었다. 그저, '매우'라고 설명했을 뿐이었다. 그 이후 피터의 입에서는 빈번하게 그 단어가 언급되지 않았던가. 존은 혼란스러운 마음에 잠시 고민하다가 천천히 사전을 덮으며 말했다.

"선배, 존나란…. 정말 엄청난 것을 뜻하는 단어래요."

"내가 좀 많이 늙긴 늙었지."

피터가 보드카를 잔에 채우며 껄껄 웃었다.

'정말이지 아이들은 어디서 이런 단어를 배우는 거지?'

빙하가 갈라져 나갈 때처럼 존의 가슴 한쪽이 아

파 왔다. 세상은 예전과 너무나도 달라져 있었다. 오랜 시간 전통을 지켜 온 그들에게 급격히 변화하는 시대의 흐름은 이질적인 것이었다. 가족이 없는 삶, 아이들의 웃음을 통해 에너지를 얻는 삶이란 그들에게 꾸준한 힘을 가져다주었지만 한편으로는 커다란 상실감을 안겨 주기도 했다. 평균 수명 백이십 세. 세속의 인간에게는 꿈의 숫자일 수 있겠지만 마냥 좋은 것만은 아니었다. 자신들을 더 이상 기억하지 못하고 마구 변해 가는 세상의 흐름을 읽기에 노인들의 마음은 그다지 너그럽지 못했다.

❋

　사람들이 산타를 믿지 못하게 된 것은 어찌 보면 산타들 스스로의 탓이기도 했다. 때는 바야흐로 1931년. 독일에서 경제 공황이 일어났고 일본은 만주 사변을 일으켰으며 중국은 중화 소비에트 임시 정부를 수립했다. 한국의 소파 방정환 선생은 고혈압으로 숨을 거두며, "어린이를 두고 가니 잘 부탁하오."라는 말을 남겼다. 같은 해 5월, 그러니까 누구도 상상해 본 적이 없는 102층 엠파이어 스테이트 빌딩이 미국에 세워졌을 때 콜라 회사의 젊은 사장은 검은색 턱시도를 입고 직접 북극을 방문했다.

"저는 여러분이 아이들을 너무나도 사랑한다는 것을 잘 알고 있습니다. 하지만 여러분이 아이들에게 직접적으로 해 준 것이 무엇입니까? 고작 일 년에 한 번 선물을 주는 것? 과연 선물 하나로 아이들에게 사랑을 줄 수 있다고 생각하는 겁니까?"

턱시도에 목이 꽉 낀 거구의 사내 앞에서 산타들은 할 말을 잃었다. 1차 세계 대전이 일어나는 동안에도 총알을 피해 꾸준히 선물을 나르던 그들이었다. 한편 그 시기는 포탄과 독가스에 죽어 가는 아이들을 보며 신은 왜 우리를 만들었을까 의심을 품고 다시 고향으로 떠나는 산타들이 속출하던 때이기도 했다. 전쟁의 후유증으로 후원금이 줄어들자 산타들은 큰 인력난과 재정난에 휩싸였다. 그나마 남은 산타들이 열심히 선물을 구하고 포장했지만, 과연 이것이 아이들에게 얼마나 큰 도움이 될지에 대한 의문과 함께 오는 상실감은 어찌 할 수 없었다.

검은 양복의 사내는 자신의 콧수염을 매만지며 이야기를 계속했다.

"아이들에게 우리가 줄 수 있는 가장 좋은 선물

은 행복 아니겠습니까? 일상적인, 행. 복!"

산타들의 눈이 휘둥그레졌다.

"아… 당연하죠. 행복. 그런데 우리가 과연 아이들에게 행복을 줄 수 있습니까? 어떤 방식으로?"

상기된 산타들의 물음에 사내는 호기롭게 대답했다.

"그건 생각보다 아주 쉬워요. 그야말로 다국적 회사인 우리 음료 회사의 모델이 되는 겁니다. 빨간 옷을 입고 루돌프와 함께 달을 가로지르는 모습을 보여 주면 되는 것이지요. 세상의 모든 곳에 여러분의 모습이 등장하는 거예요. 어린이 여러분! 여러분의 해묵은 갈증을 해소시켜 드립니다. 짜잔!"

팔을 과감하게 펼치며 외치는 사내의 목소리가 북극의 하늘 위로 울려 퍼졌다. 겨우 루돌프를 타고 달을 가로지르는 것만으로 아이들에게 행복을 줄 수 있다니. 계약은 그 자리에서 성사되었다. 산타들은 콜라 회사의 로고가 선명하게 새겨진 빨간 옷을 받아 들었다. 첫 번째 산타였던 성(聖) 니콜라스에게서 전해져 온 검은 수도복이 찰나에 바뀌는 순간이었다.

사내의 말대로 산타들이 달을 가로지르는 모습은 한순간에 온 세계로 퍼져 나갔다. 아이들은 잠시 잊었던 산타의 존재를 다시금 되새기게 되었고 여러 소원을 빌기 시작했다. 두둑한 모델료 덕분에 선물은 더욱 세련되게 포장되었다. 신은 세상의 행복을 위해 산타를 만들었다는 철학이 유행하며 지원자는 다시 늘어났다. 그야말로 산타가 존중받던 시절이었다. 하지만 얼마 지나지 않아 지나치게 많아진 산타 클로스의 인기가 오히려 문제를 가져왔다. 어느 순간 어른들이 자기들의 힘으로 산타 마을을 전 세계에 우후죽순 만들기 시작한 것이다. 국가의 관광 사업으로, 혹은 그에 상응하는 민간 기업의 자본 유입으로 가짜 산타 마을은 눈에 띄게 늘어났다. 광고는 날이 갈수록 과장되었다.

"어린이 여러분! 저희 산타 마을에는 열두 개의 언어를 구사하는 비서들이 있답니다. 그들을 통해서 편지에 답장을 해 드려요. 지금까지 아무리 소원을 빌어도 답장이 없었죠? 이제는 산타 할아버지의 편지를 직접 받아 볼 수 있답니다. 산타 마을!"

아이들은 부모와 함께 인위적으로 만들어진 산타 마을을 방문하기 시작했다. 반짝이는 코는 없지만 커다란 뿔을 자랑하는 순록들이 마차를 끄는 곳. 전 세계 어린이의 동화책이 비치된 도서관이 있는 산타 마을. 그곳을 방문한 아이들은 상상 속에서 꿈꿔 온 나라를 볼 수 있었다. 그러나 다른 한편, 값비싼 입장료를 지불하는 부모의 뒷모습을 바라보며 그곳이 결국 어른들의 자본으로 만들어진 것임을 깨닫게 되었다. 아이들의 믿음이 사라지기 시작하자 후원금과 지원자들은 다시 줄어들었다. 결국 진짜 산타들에게 남은 것은 제삼 세계 아이들의 편지 몇 통과 젊은 산타들의 사직서, 빨간색 빈 콜라 캔이 전부였다.

네 명의 산타들이 모두 소파에 앉자 집이 꽉 찬 느낌이었다. 모두 지난해보다 야윈 듯했지만 배가 불룩한 것은 여전했다. 보드카를 마시며 숨을 쉴 때마다 네 개의 언덕이 오르락내리락했다. 한동안 그들은 아무 말도 하지 않았다. 지난 1년간의 고단함이 몰려왔지만 다가오는 크리스마스에 대한 표현 못할 설렘이 있는 것도 사실이었다. 창밖으로 함박눈이 내리는 모습을 보며 폴과 피터가 대화를 시작했다.

"비록 선물을 줄 아이들은 없지만 우리는 크리스마스를 위해 있는 사람들이잖아요? 그래도 다행이에요. 이 정도라면 크리스마스까지 눈이 내릴 수 있겠어요."

"존나, 아름답군."

"어찌 됐든 이렇게 또 한 해가 지나가네요. 몸은 좀 괜찮으십니까?"

"사는 것이 다… 그런 것 아니겠나."

네 명의 산타들이 동시에 잔을 들어 내용물을

들이켰다. 창틈으로 차가운 바람이 휘이익 새어 들어오는 것이 느껴졌다.

콜라 회사는 어느 순간부터 산타를 모델로 기용하지 않았다. 후원금도 인력도 바닥난 상태에서 몇 남지 않은 산타들은 끼니도 제대로 때울 수 없게 되었다. 콜라 회사의 본사를 찾아간 것은 피터와 제임스였다. 그나마 편지를 보내오는 제삼 세계 아이들의 선물을 위해서라도 어쩔 수 없는 선택이었다. 여전히 검은 턱시도를 입은 사장은 커다란 의자에 앉아 홍삼을 쭙쭙 빨아먹고 있었다. 입술을 좁힐 때마다 늙어 버린 사장의 목살이 출렁거렸다. 그가 좁고 낮은 의자에 앉아 있는 산타들을 한참 동안 내려다보다가 말했다.

"쯥쯥. 요즘은, 북극곰이 대세예요. 쯥."

우스꽝스러운 사장을 따라 제임스가 미간을 찌푸리며 말했다.

"그래도… 아이들에게 행복을 주기 위해서는 산타가 제격이라고 하시지 않았습니까?"

사장이 부은 눈을 깜빡였다.

"쯥쯥쯥. 사실 말이 좋아서 당신네들을 모델로 고용한 거지. 그때는 겨울의 음료 판매량이 너무 적었다 이거요. 하지만 이제 사람들은 겨울마다 우리 회사의 색깔을 떠올리게 되었고. 쭙. 당신들 덕분이긴 한데, 뭐 모델비도 만만치 않고. 쭙. 그래서 모델료가 필요 없는 북극곰을 쓰는…, 아니 뭐 꼭 그런 건 아니고 쭙쭙. 하여간 요즘 아이들은 북극곰을 보며 행복을 느낀다니까. 산타는 믿지도 않아요. 쭙."

아이들의 믿음이 사라졌다는 말에 산타들은 아무런 말도 할 수 없었다.

"쭙. 노친네들, 나이 먹었으면 그냥 집에서 쉬기나 하지 무슨 부귀영화를 누리겠다고 여기까지 와서."

사장이 중얼거리며 못마땅한 표정으로 그들에게 콜라병을 하나씩 안겨 주었다. 사장실 문이 닫힐 때쯤 호로록, 얼마 남지 않은 홍삼 몇 방울이 빨대를 통과하는 소리가 들렸다.

　빌딩을 나서자 웃는 얼굴로 콜라를 마시며 엄지손가락을 내밀고 있는 북극곰들이 여기저기 눈에 띄었다. 제임스가 광고판 위에 병을 집어던졌다. 날카로운 소리와 함께 유리 파편이 바닥에 흩어졌다.

"저 자식들이 얼마나 사나운 놈들인데. 이제 선물은 고사하고 아이들에게 편지 부칠 돈도 없다고요."

"일… 해야지. 우리가 직접."

피터가 중얼거렸다.

"노친네들이 무슨 일을 할 수 있다고. 이 세계에서 우리 같은 늙다리들은 애완견보다 못한 존재로 여겨질 거요."

짜증 섞인 표정으로 제임스가 피터를 바라봤다. 그는 뭔가에 홀린 눈빛으로 길 건너편을 바라보고 있었다.

"신은 우리를 버리지 않아."

"뭔데 그래요?"

제임스가 그의 눈길을 쫓았다. 영어 이니셜이 박힌 패스트푸드점의 강렬한 네온사인 아래 흰 양복을 입은 할아버지 캐릭터가 인자하게 웃고 있었다.

"거, 참. 왜 하필 온종일 서 있어야 하는 캐릭터란 말이오?"

제임스가 투덜거렸다.

"그래도 저 가게보다는 낫지 않은가?"

피터가 텀블링을 하고 있는 피에로를 가리켰다.

패스트푸드점은 80여 개의 나라에 자리 잡고 있었다. 산타들은 돈을 벌기 위해 저마다 조국의 체인점으로 흩어졌다. 각자 나라는 달랐지만 매장 밖에 서 있으면 되는 직업 환경은 모두 똑같았다. 산타들은 발 빠르게 적응해 갔다. 수염을 깔끔하게 정리해야 한다는 것 말고는 별다른 어려움이 없었다. 아이들에게 기쁨을 주어 세상을 나날이 밝게 만들어 간다는 직업 정신을 갖고 있는 그들에게 사실 그보다

적합한 아르바이트도 없었다. 심지어 그들이 하는 일은 크리스마스마다 해온 일과 완전히 동일했다. 매장 앞에서 아이들에게 손을 흔들다 악수를 해 주거나 사진을 찍어 주면 그만이었다. 11월 말부터는 근무 시간을 피해 유치원이나 백화점 등에서 성탄 선물을 나누어 줌으로써 본업에도 충실할 수 있었다. 자급자족. 눈 뿌리는 기계와 루돌프를 관리해야 하는 폴을 제외하고 산타들은 그렇게 흩어져서 일하다 12월 23일이 되면 북극의 본부에 모였다.

침묵을 깨고 피터가 다리를 주무르며 말했다.

"시간이 흐를수록 사실 일이 좀 버겁긴 하네. 애들은 점점 버릇이 없어지고."

폴이 그의 말을 받았다.

"피터, 요즘은 그런 생각이 들어요. 뭐 누구한테 인정받고자 이 일을 해 온 것은 아니지만 눈이 온다고 해서 우리를 기억하는 사람들이 얼마나 될까. 눈이 오지 않는다고 사람들의 생활이 바뀌는 것이 있기나 할까. 요즘 아이들은 무슨 꿈을 꾸며 자라날까."

제임스가 "에이, 궁상맞은 생각은 그만둬." 하며

바닥을 드러낸 술병을 입에 탁탁 털었다. 제임스의 말을 무시하고 폴이 말을 이어 나갔다.

"이제 루돌프도 한 마리밖에 남지 않았는데. 우리가 있어야 하는 이유라도 있습니까? 이제는 우리에게 소원을 비는 아이가 한 명도 없잖습니까?"

잠시 감겨 있던 피터의 눈이 동그랗게 떠졌다.

"그래서 어쩌겠단 말인가? 고향으로… 떠나겠다는 말인가?"

폴이 눈을 내리깔며 대답했다.

"뉴질랜드는 노인 복지가… 잘돼 있거든요."

제임스가 폴의 말을 이어 받았다.

"하긴. 이제 곧 우리도 서서히 죽어 갈 텐데요 뭐. 산타 한 명이 없다고 바뀌는 것이 있겠습니까?"

거대한 침묵이 방 안을 가득 채웠다. 함박눈은

여전히 소담스럽게 내리고 있었다.

"에이, 모르겠다."

술이 잔뜩 오른 존이 새로운 보드카를 꺼내 들었다. 모스크바의 지점장이 크리스마스 선물로 챙겨 준 것이었다. 임금은 좀 짰어도 예의 하나는 발랐는데 말이야. 존이 입맛을 다시며 보드카의 뚜껑을 돌렸다. 그 순간 팔랑, 네 산타의 머리 위로 오랜만에 듣는 종이 소리가 거대하게 울려 퍼졌다.

    팔랑,

           팔랑,

    팔랑,

           팔랑.

얼굴이 벌게진 산타들이 떨어지고 있는 봉투를 동시에 쳐다봤다.

"지금 이거, 누군가가 소원을 빈 거지?"

분리된 보드카 뚜껑을 움켜쥔 존이 중얼거렸다. 믿을 수 없는 일이었다. 정확히 20년 만의 소원이었다. 피터가 놀란 얼굴로 몸을 일으켜 종이를 주워 들었다. 그리고 모두가 볼 수 있게 펴서 테이블 위에 올려놓았다. 초록색 편지지 위에는 어린아이의 삐죽삐죽한 글씨가 자리 잡고 있었다.

산타 할아버지

저에게 희망을 선물해 주세요.

산타 할아버지

저에게 희망을 선물해 주세요.

❄

"태어나서 이렇게 추상적인 편지는 처음 보네."

보드카의 알코올이 날아가고 있었지만 아무도 신경 쓰지 않았다. 그도 그럴 것이 정말 산타가 있다고 믿는 순수한 어린이의 20년 만의 소원이었다. 하지만 보통 어린이들은 구체적인 물건이나 상황을 요청했었다. 희망이라는 항목은 처음이었다.

"염병, 이런 건 공장 매뉴얼에도 없다고. 게다가 당장 내일 밤이란 말이지."

폴이 존의 손에 들려 있는 술병을 빼앗아 입에 갖다 댔다.

"그래도 순수한 어린이의 소원 아닌가?"

"한 번 해 보자고!"

산타들의 목소리가 여기저기서 튀어나왔다. 피터가 봉투를 확인했다. 발신지는 피터의 국가인 대한민국 부산이었다.

"그렇다면 대한민국 어린이들의 희망이 뭔지를 알아봐야겠군."

존이 밝아진 표정으로 다시 백과사전을 뒤적거렸다. 자연스럽게 다른 산타들의 눈이 존의 입에 집중되었다. 시선을 의식한 존이 뒤뚱뒤뚱 의자 위로 올라가 크게 외치기 시작했다.

"짜잔! 대한민국 어린이들의 희망 사항! 첫째 초등학교 선생님, 둘째 공무원, 셋째 서울의 35평형… 아파트?"

산타들이 동시에 눈을 끔뻑거렸다.

✱

　잠이 오지 않는 밤이었다. 계속해서 함박눈이 내리고 있었다. 산타들은 바로 회의에 들어갔다.

　"역시 요즘 아이들에게는 돈이 최고예요. 돈이 있으면 뭐든지 할 수 있다니까요?"

　"하지만 돈으로 임용 고시에 합격할 수는 없지 않나?"

　"정기적인 수입! 임용이든 공무원이든 결국 돈 때문이라니까요."

　"하지만 우리가 가진 돈이란 패스트푸드점 아르바이트비가 전부인걸. 그나마도 여기 모일 때 비행기

삯으로 다 써 버렸다고."

"음, 그렇다고 열두 살 아이를 당장 선생으로 만들 수는 없는 노릇이고. 아니면 폴, 임용 고시나 공무원 시험에 합격할 수 있는 뛰어난 두뇌를 준비할 수 없나?"

"아인슈타인 무덤이라도 파헤칠까요?"

"서울의 35평형 아파트는 얼마나 하나?"

"한국 돈으로 대충 10억 원입니다."

"좀 구체적으로 설명해 주게나. 10억은 도대체 얼마나 되는 숫자인가?"

"그냥, 존나 상상할 수 없을 만큼 큰돈이에요."

한참의 회의 끝에 결정된 아이의 선물은 임용 고시, 공무원 시험, 부동산 시험 기출 문제지였다. 너무 오랜만의 편지였으므로 기왕이면 확실하게 소원을 들어주고 싶었다. 그나마 종이는 넉넉했으므로 한국의 유명한 출판사들의 기출문제를 출력할 수 있었다.

"돈다발을 주지 못해서 미안하긴 하지만 뭐, 공부를 하면서 희망을 가지게 되는 거고 그러다 보면 꿈을 이룰 수 있는 것이고."

출력된 시험지를 자루에 쓸어 담으며 잠을 못 자 벌게진 눈의 산타들이 흥얼거렸다.

"울면 안 돼, 울면 안 돼. 산타 할아버지는 우는 아이에게 선물을 안 주신대요."

피터는 조용히 집을 나와 마구간으로 갔다. 루돌프가 반쯤 감긴 눈을 깜빡거리며 우우, 반갑다고 소리를 냈다. 피터가 주름투성이의 손을 내밀자 루돌프가 반짝이는 코를 갖다 댔다. 피터만큼 늙은 순록이었지만 선명하게 빛나는 코가 오늘따라 아름다워 보였다.

"루돌프, 이미 알고 있겠지만 무려 20년 만에 고국 어린이의 편지를 받았네. 생각 같아서는 비행기를 타고 가고 싶지만 한국까지 갈 차비는 없고…."

말을 흐리자 루돌프가 괜찮다는 듯 고개를 끄덕였다. 코가 더욱 선명한 빛을 냈다.

"정말이지 이게 자네와 나에게 마지막 여행이 되

리라는 것을 알고 있다네. 우리는 너무 늙어 버렸으니까. 그래도 우리는 아이들의 행복을 위해 일생을 바치게 태어났으니…."

푸르릉, 루돌프가 자기도 잘 알고 있다며 입꼬리를 올렸다.

눈 뿌리는 기계는 이튿날 오후가 되자 작동을 멈췄다.

"온도가 최적인데 왜 작동이 안 되지?"

문제지 포장을 종류별로 마친 뒤 폴은 계단 위로 올라가 기계에 고개를 처박았다.

밤 열 시에 이르러 네 명의 산타들은 북극의 한가운데에 모였다. 달빛을 받자 루돌프와 산타들의 주름이 더욱 선명하게 드러났다. 썰매에는 피터와 함께 그나마 나이가 어린 제임스가 올라탔다. 존과 폴이 루돌프의 코에 손을 갖다 댔다.

"그동안 고생했어."

"언젠가는 다시 만날 수 있겠지?"

루돌프의 코가 달빛보다 밝은 빛을 내며 깜빡거렸다.

루돌프가 앞발을 구르자 썰매는 쏜살같이 미끄러졌다. 잠시 후 썰매가 빙하 위로 떠올랐다. 달 앞을 지나가는 그들을 올려다보며 폴이 중얼거렸다.

"콜라 회사가 광고 하나는 기차게 똑같이 만들었다니까!"

썰매가 구름을 건너 별들을 툭툭 건드렸다. 별들이 고갯짓을 하며 산타들의 품에 달려들었다. 먼 데서 불어오는 찬바람은 수염 속을 파고들었다. 엄청난 추위가 느껴졌지만 두 산타의 마음은 뜨거웠다. 선물이 한 아이에게 새로운 희망과 꿈이 될 수 있다면 태풍도 견뎌 낼 수 있을 터였다. 북극해 너머로 러시아와 중국이 보였다. 인간들이 만들어 놓은 수없이 많은 빌딩의 조명들이 오밀조밀하게 빛을 내고 있었다. 흐트러진 수염을 매만지다가 제임스가 입을 열었다.

"사람들은 자기들이 저렇게 작은 존재라는 것을 알고 있겠죠?"

"비행기를 타 본 사람들은… 알고 있지 않을까?"

"그게 뭐 꼭 봐야만 아는 겁니까? 우리가 저들의 머리 위를 지나가고 있다는 사실은 아무도 모르고 있겠죠?"

"그래도 한 명의 아이는 알고 있지 않나. 그나저나 이제 거의 다 온 것 같은데?"

피터가 말을 마친 그 순간, 썰매가 갑자기 아래를 향하기 시작했다.

오랜만에 탄 썰매라고 하지만 이상하다는 것을 바로 알 수 있었다. 착륙이라기보다는 추락에 가까운 느낌이었다. 루돌프의 힘이 빠진 탓이었다. 두 산타의 목소리가 찬바람과 함께 하늘 위로 흩어졌다.

"어어어?"

"어어?"

"어어어어어?"

"아, 선물!"

"먼저 떨어졌…, 아아악!"

"아아아아아아악!"

그들이 추락한 곳은 목적지 주변의 도로 옆 수풀이었다. 정확히 크리스마스 자정이었고 가까이에 아이의 집이 보였다. 피터가 눈을 가린 모자를 고쳐 쓴 순간 하늘 위의 바람 소리보다 더 날카로운 소리를 내며 스포츠카가 쌩 지나갔다. 저 멀리 바다에 가라앉고 있는 빨간 선물 자루가 보였다.

루돌프는 외상은 없었지만 옆으로 누운 채 숨을

가냘프게 쉬고 있었다.

쌕,

쌕.

서둘러 이마를 짚어 보니 온기가 사라지고 있음이 느껴졌다.

"너무 먼 길을 무리해서 왔네. 한때 아이들은 루돌프가 길이길이 기억될 것이라고도 했었는데. 잘 가게… 고생했네."

피터가 덤덤한 얼굴로 루돌프의 투명한 눈을 감겨 주었다. 이렇게 되리라는 것을 알고는 있었지만 쓸쓸한 마음이 드는 것은 어쩔 수 없었다. 달빛이 순록의 웃고 있는 얼굴을 밝게 비춰 주었다.

"이제 어쩌죠? 아이의 희망은 저 빌어먹을 바다가 삼켜 버렸는데."

제임스의 눈이 촉촉해졌다.

"어쩌긴 뭘 어째. 아이를 위해서, 그리고 루돌프를 위해서…"

피터가 여전히 덤덤한 얼굴로 루돌프의 코에 손을 갖다 댔다. 준비되어 있었다는 듯 여전히 빨간빛을 내고 있는 순록의 코가 그의 한 손에 똑, 담겼다.

❄

　아이는 창문을 열어 놓고 이불도 완전히 덮지 않은 채 웅크리고 잠들어 있었다. 산타를 기다리다가 그대로 잠이 든 듯했다. 아직 완전히 식지 않은 컵라면 국물이 검은 양말과 함께 머리맡에 놓여 있었다.
　"허, 참. 바닷바람이 차가운데."
　제임스가 창문을 닫는 동안 피터가 아이의 몸 위로 이불을 끌어올려 주었다.
　피터는 조심조심 루돌프의 코를 꺼내 아이의 머리맡에 두었다. 반짝반짝 빛나는 빨간빛이 방 안에 가득 찼다.

"한결 더 따뜻해진 느낌이에요."

제임스가 컵라면의 국물을 개수대에 버리며 중얼거렸다. 소년의 얼굴 위로 희미한 웃음이 피어올랐다.

"미안하다. 너에게 줄 수 있는 것은 고작 이것밖에 없구나."

피터는 한 번 더 아이의 이불을 고쳐 주었다.

"가야 할 시간이에요."

제임스가 다시 조심조심 창문을 열었다. 끼이익,

소리가 나자 산타들이 놀라 몸을 움츠렸다. 다행히 아이는 잠을 깨지 않았다. 좁은 창문에 먼저 오른쪽 다리와 팔을 넣고 머리를 창틀에 욱여넣는 노인들의 모습이 우스꽝스러웠다.

"요즘은 웰빙이 유행이라는데, 살 좀 빼세요."

"한창때보다는 살이 많이 빠지지 않았나? 하긴 너무 오랜만이라 그런지 좀 힘들긴 하군."

바다 내음이 두 산타의 소곤거리는 목소리를 은은하게 실어 날랐다.

"그나저나 이제 어쩌죠?"

"뭐, 별 수 있나. 일해야지."

"일단 패스트푸드점을 찾아봐야겠군요."

산타들의 발걸음이 가벼웠다. 그들이 골목 밖으로 걸어 나오자 해변에 있는 가게들의 조명이 여전히

불을 밝히고 있었다.

"아, 기계를 다시 고쳤나 보네."

차가운 촉감에 고개를 드니 과연 하늘 위에서 펄펄 함박눈이 내리고 있었다. 잠시 서서 하늘을 바라보는 두 산타의 귀에 익숙한 멜로디가 들려왔다.

산타 할아버지는 우리 마을에,

오늘 밤에 다녀가신대.

오늘 밤에 다녀가신대.

산타 규칙서

1. 어린이들을 사랑하는 산타클로스는 거룩한 니콜라스(Saint Nicholas)에서 비롯된 자신의 호칭을 기억하며 행동으로 사랑을 드러내야 한다.

2. 산타클로스는 나이가 40이 될 때까지 단 한 번도 산타를 의심한 적이 없어야 한다.

3. 산타가 되기 위해서는 면접과 체력 점검이 필요하다. 어린이를 진심으로 대하기 위해서는 세상에 대한 애정, 정의를 향한 분별력, 진리에 대한 사랑, 강인한 체력 또한 요구되기 때문이다.

4. 산타클로스는 성탄 시기를 제외하고는 세상에 그 모습을 드러내지 않도록 한다. 이는 "자선을 베풀 때 오른손이 하는 일을 왼손이 모르게 하라."는 거룩한 말씀에 의한 것이다.

5. 성탄 시기에는 모습을 드러내고 활동하는 것이 가능하다. 현대에 이르러 굴뚝이 없는 집이 많아짐에 따라 산타들의 활동 영역이 줄어들었으므로, 백화점이나 유치원 등에서 활동하는 것은 권장할 만한 일이다. 그러나 이에 따라 어린이들이 산타를 오히려 의심하는 일이 늘어나고 있으므로 신뢰를 주도록 노력해야 할 것이다.

6. 산타클로스가 어린이들을 명령이나 교훈으로 직접 가르쳐서는 안 된다. 이는 어린이들의 자유를 위함이다.

7. 다만 어린이의 우는 행동, 짜증 내는 행동은 매우 슬픈 일이므로 이에 대한 중요한 가르침은 캐럴을 통해서 전하도록 한다.

8. 어린이는 나이에 구애받지 않는다. 모든 인간은 자신이 그렇다고 생각한다면 모두가 어린이다.

9. 산타는 자신의 사명이 세상을 아름답게 빛내는 일임을 항상 기억하고 있어야 한다. 그리하여 아이들에게 도움이 될 만한 선물을 통해 행복을 느끼게 하는 것이 좋다. 하지만 선물이 꼭 물질적인 것일 필요는 없다.

10. 그러므로 누군가가 산타클로스의 이름을 받게 되거든 두 가지 교훈으로 어린이들을 대해야 할 것이니 첫째, 물질적인 것이 진정한 행복을 가져다주는 것이 아니다. 둘째, 인간을 행복하게 하는 것은 믿음과 희망과 사랑이다.

11. 산타클로스는 절대로 어린이들을 차별하지 말 것이다. 어떤 어린이가 선행과 순명에 있어서 뛰어나지 않은 한, 어떤 한 어린이를 다른 어린이보다 더 사랑하지 말 것이다. "신께서는 사람들을 차별 없이 대하시기 때문이다."

12. 어린이가 소원을 빌면 산타클로스는 그것을 반드시 들어주어야 한다. 단, 소원이 이루어지는 방식이 꼭 어린이가 원하는 대로일 필요는 없다. 그보다 더욱 효과적이고 도움이 되는 아름답고 적당한 방법이 있을 수 있기 때문이다.

13. 특별히 성탄절이 중요한 이유는 약 이천 년 전 그날, 한 어린아이가 태어났기 때문이다. 그러므로 산타클로스는 모든 어린이들을 그를 돌보듯 해야 하며 스스로도 어김없이 세상의 다른 어린이와 같다는 사실을 확실히 알아야 한다.

14. 이 모든 것이 올바로 수행될 때 산타클로스는 이천 년 전의 그 어린아이에게서 훗날 지극히 열렬한 사랑을 되돌려받게 될 것이니, 어린이들 존중하기를 먼저 하고 자신에게 이롭다고 생각되는 것을 따르지 말며, 오히려 남에게 이롭다고 생각하는 것을 따르고, 신을 사랑하고 두려워하라. 그러면 산타클로스는 그가 사랑하던 어린이들과 같은 눈부시게 투명한 미소로 세상을 아름답게 마감하게 되리라.

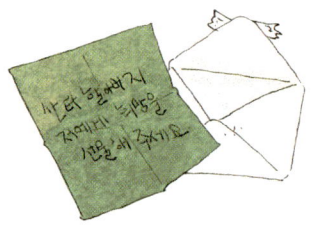